Ei, você!

UM LIVRO SOBRE CRESCER COM ORGULHO DE SER NEGRO

Escrito por
DAPO ADEOLA

Com ilustrações de
DAPO ADEOLA
ALYISSA JOHNSON
SHAREE MILLER
JADE ORLANDO
DIANE EWEN
REGGIE BROWN
ONYINYE IWU
LHAIZA MORENA
CHANTÉ TIMOTHY
GLADYS JOSE
BEX GLENDINING
JOELLE AVELINO
DUNNI MUSTAPHA
NICOLE MILES
CHARLOT KRISTENSEN
KINGSLEY NEBECHI
CAMILLA SUCRE
DERICK BROOKS
JOBE ANDERSON
SELOM SUNU

Tradução
STEFANO VOLP

Companhia das Letrinhas

Copyright do texto © 2021 by Dapo Adeola
Copyright da arte da capa e ilustrações das páginas 8-9, 10-11, 46-47 © 2021 by Dapo Adeola
Copyright da ilustração das páginas 02-03; 54-55 © 2021 by Sharee Miller
Copyright da ilustração das páginas 12-13 © 2021 by Jade Orlando
Copyright da ilustração das páginas 14-15 © 2021 by Diane Ewen
Copyright da ilustração das páginas 16-17 © 2021 by Reggie Brown
Copyright da ilustração das páginas 18-19 © 2021 by Onyinye Iwu
Copyright da ilustração das páginas 20-21 © 2021 by Lhaiza Morena
Copyright da ilustração das páginas 22-23 © 2021 by Chanté Timothy
Copyright da ilustração das páginas 24-25 © 2021 by Gladys Jose
Copyright da ilustração das páginas 26-27 © 2021 by Bex Glendining
Copyright da ilustração das páginas 28-29 © 2021 by Joelle Avelino
Copyright da ilustração das páginas 30-31 © 2021 by Dunni Mustapha
Copyright da ilustração das páginas 32-33 © 2021 by Nicole Miles
Copyright da ilustração das páginas 34-35 © 2021 by Charlot Kristensen
Copyright da ilustração das páginas 36-37 © 2021 by Kingsley Nebechi
Copyright da ilustração das páginas 38-39 © 2021 by Camilla Sucre
Copyright da ilustração das páginas 40-41 © 2021 by Derick Brooks
Copyright da ilustração das páginas 42-43 © 2021 by Jobe Anderson
Copyright da ilustração das páginas 44-45 © 2021 by Selom Sunu
Copyright do design tipográfico © 2021 by Alyissa Johnson

Publicado pela primeira vez como *HEY, YOU!* em 2021 pela Puffin, um selo da Penguin Books Ltd., uma parte do grupo Penguin Random House.

Grafia atualizada segundo o Acordo Ortográfico da Língua Portuguesa de 1990, que entrou em vigor no Brasil em 2009.

Título original
HEY, YOU!

Revisão
JAQUELINE MARTINHO DOS SANTOS
LUCIANA BARALDI

Tratamento de imagem
AMÉRICO FREIRIA

Dados Internacionais de Catalogação na Publicação (CIP)
(Câmara Brasileira do Livro, SP, Brasil)

Adeola, Dapo,
    Ei, você!: um livro sobre crescer com orgulho de ser negro / Dapo Adeola; tradução Stefano Volp. — 1ª ed. — São Paulo: Companhia das Letrinhas, 2021.

    Título original: Hey, You!
    ISBN 978-85-7406-969-2

    1. Cultura negra 2. Literatura infantil I. Título.

21-74604	CDD-028.5

Índices para catálogo sistemático:

1. Literatura infantil   028.5
2. Literatura infantojuvenil   028.5

Aline Graziele Benitez — Bibliotecária — CRB-1/3129

3ª reimpressão

Todos os direitos desta edição reservados à
EDITORA SCHWARCZ S.A.
Rua Bandeira Paulista, 702, cj. 32
04532-002 — São Paulo — SP — Brasil
☎ (11) 3707-3500
⬈ www.companhiadasletrinhas.com.br
⬈ www.blogdaletrinhas.com.br
🅕 /companhiadasletrinhas
🅞 @companhiadasletrinhas
▶ /CanalLetrinhaZ

Este livro é dedicado a todas as crianças da diáspora negra, tanto os jovens quanto os mais velhos. Foi escrito por **nós**, ilustrado por **nós** e nasceu do amor por **nós** — D.A.

Este livro nasceu como uma resposta afetiva aos eventos de 2020: a trágica história de George Floyd, os protestos globais que se seguiram e o despertar em massa para os impactos do racismo estrutural. O livro também surgiu a partir de uma pergunta feita pelo meu editor que me tocou profundamente:

"Quando foi a primeira vez que você se sentiu empoderado como uma pessoa negra? Quando foi que você acreditou, de verdade, que poderia viver seus sonhos?"

A minha resposta gira em torno dos meus vinte e tantos anos. Muito mais tarde do que achei que deveria ter sido. O que seria diferente se eu tivesse me sentido mais confiante e seguro na minha pele quando era mais novo? E se a minha própria história tivesse sido contada para mim?

Com essa segunda pergunta na cabeça, comecei a escrever as palavras que gostaria de ter ouvido quando era criança. Conforme escrevia, elas se tornaram uma carta tanto para o meu eu do passado quanto para o meu futuro bebê...

Enquanto eu crescia, ficava com a sensação de que as pessoas negras não podiam se dar bem nas indústrias criativas, e havia poucos exemplos de negros bem-sucedidos nesse ramo. Raramente havia pessoas negras no centro das histórias, na posição de heróis. Escrevi este livro na esperança de que ele possa ajudar as futuras gerações de crianças negras a se sentirem fortalecidas e vistas. Também espero inspirar os pais negros que podem ter encontrado empoderamento na idade adulta, mas talvez ainda não tenham achado as palavras para transmitir essa confiança a seus filhos. Por último, espero oferecer a todas as crianças, pais, mães e educadores uma janela, escancarada ou sutil, para os desafios que tantas crianças negras encontram ao crescer.

Foi crucial contar com a ajuda de muitas vozes diferentes para dar vida a essas palavras. Como sou apenas uma pessoa, não posso esperar falar por toda a diáspora. A rica variedade de ilustradores talentosos neste livro reflete a riqueza de pessoas que constituem a diáspora negra em todo o mundo, e há algo aqui para todos nós.

Esperamos que você goste da leitura.

Dapo Adeola, junho de 2021

Ei, você...

É tão bom te receber no mundo!

Esperamos **muito** para te conhecer...

E, nossa, como valeu a pena.

Quero te falar sobre tudo o que sonhamos e desejamos para você, e sobre as coisas de que você deve sempre se lembrar...

Um amor que começou muito antes do seu nascimento e passou por toda a sua existência, de geração em geração.

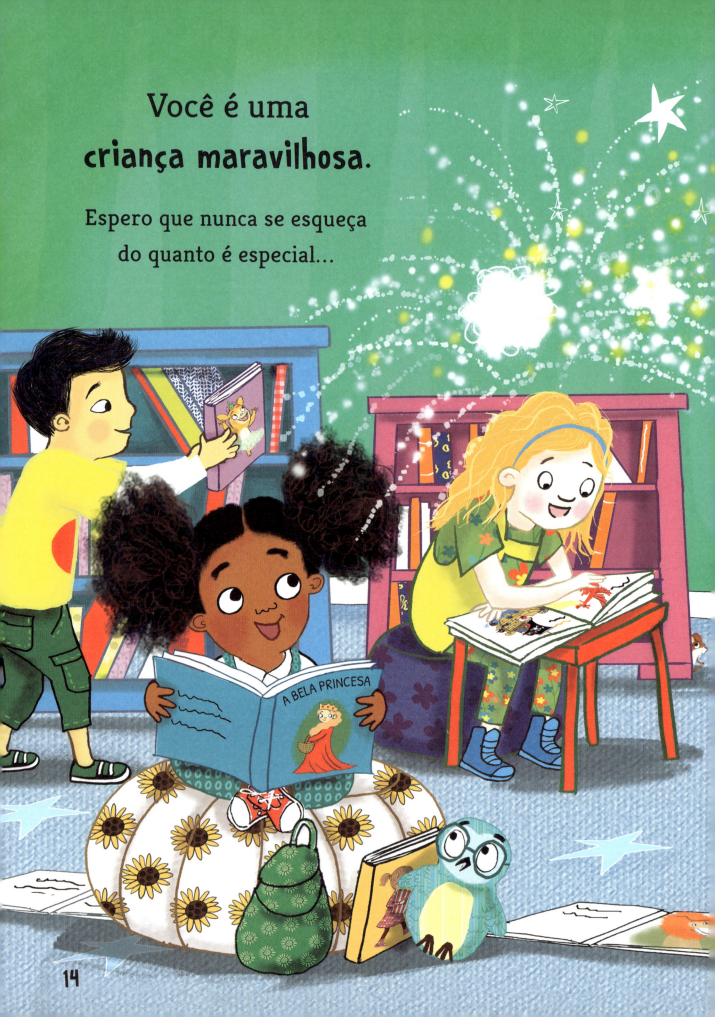

Você é uma criança maravilhosa.

Espero que nunca se esqueça do quanto é especial...

mesmo que o mundo nem sempre
te deixe perceber isso...

Algumas pessoas acreditam que a cor de uma pele é melhor do que de outra. Mas elas estão **completamente** erradas. Cada pele tem uma beleza única.

Você compartilha sua cor com incontáveis gerações de gênios, criadores, líderes e grandes pensadores.

O seu potencial é **infinito**.

Você sempre terá uma **escolha**.

A opinião dos outros não te define — são as suas qualidades que realmente importam.

É você quem escolhe o seu próprio destino, e você pode ser o que quiser.

A curiosidade dá a você um tipo especial de liberdade — uma liberdade que não pode ser contida em páginas ou paredes...

A liberdade que te torna capaz de quebrar tetos de vidro e ser você mesmo — e não há ninguém no mundo como você.

Não perca a coragem. Solte a imaginação e com ela você poderá voar para onde quiser.

Continue procurando. Você encontrará as **histórias certas** para viver.

Histórias repletas de conhecimento e sabedoria daqueles que vieram antes de você. Eles construíram seus próprios percursos e ainda iluminam o caminho para todos nós...

... e assim, mesmo quando percorremos lugares estranhos, sabemos que nunca estamos sozinhos.

A felicidade, o amor e o riso encontrarão você em sua **jornada**.

Você vai conhecer muitas pessoas diferentes e incríveis:

amigos que te encherão de alegria...

e o amor capaz de te fazer voar.

Como pessoas negras, devemos **trabalhar juntos.**

Independentemente de onde estejamos, nossa alegria é compartilhada...

assim como nossa dor e sofrimento. Quando um de nós sofre alguma injustiça, todos são afetados!

Você tem superpoderes.

Com esses poderes incríveis e o amor de sua família e amigos, ninguém vai conseguir te parar.

Meu sonho para você é que um dia você também possa **sonhar com os outros.**

Ao passar o amor que existe dentro de você para uma nova geração, espero que ela também se inspire a ir atrás dos próprios sonhos...

Ei, você! é uma colaboração de **Dapo Adeola e dezenove ilustradores negros** talentosos:

 **Dapo Adeola** é britânico com raízes nigerianas, e trabalha com ilustração e design. Quando ele não está inventando personagens e aventuras, você pode encontrá-lo realizando workshops com crianças ou organizando eventos para ajudar a destacar as possibilidades de uma carreira em ilustração para membros sub-representados da diáspora negra.

 **Reggie Brown** mora em San Diego, Califórnia. Sempre gostou de desenhar e não se lembra de querer ser nada além de um artista. Reggie ama o McRib e quer muito que ele volte ao cardápio do McDonald's.

 **Alyissa Johnson** é designer gráfica e artista de *lettering*, cujo foco é positividade e feminismo Alyissa pode ser vista brincando com sua cachorra Luna ou vendendo gravuras em uma banca em Kansas City, Missouri, uma cidade dos Estados Unidos.

 **Onyinye Iwu** é uma ilustradora e autora nigeriana. Nasceu na Itália, onde passou a infância, e depois se mudou para o Reino Unido. Onyinye gosta de ler livros e desenhar estampas.

 **Sharee Miller** mora na costa Leste dos Estados Unidos. Sua arte é inovadora, cheia de alegria e leva as pessoas a sorrirem.

 **Lhaiza Morena** é uma ilustradora brasileira, nascida em Salvador, Bahia. Trabalha em projetos para livros infantis, didáticos e publicitários, desenvolvendo ilustrações para clientes como Editora Moderna, Seda e Itaú.

 **Jade Orlando** mora em Atlanta, Geórgia. Quando ela não está desenhando, é possível encontrá-la aconchegada com seus gatos e um bom livro.

 **Chanté Timothy** cria obras que exploram temas como diversidade e inclusão. Ela ilustrou o livro *A Black Woman Did That* [Uma mulher negra fez aquilo], de Malaika Adero.

 **Diane Ewen** é de West Midlands, no Reino Unido. Sempre foi apaixonada por arte e se formou com honras em ilustração pela Universidade de Wolverhampton.

 **Gladys Jose** mora em Orlando, Flórida, com seu marido apoiador e amoroso; sua filha brilhante e cheia de energia e Miles, um cachorrinho muito doce.

 **Bex Glendining** mora no Reino Unido e trabalhou em projetos como *Seen: Edmonia Lewis* [Vista: Edmonia Lewis], *Penultimate Quest* [Penúltima busca], *Nubia: Real One* [Nubia: Verdadeira] e *Lupina*.

 **Kingsley Nebechi** é nigeriano e mora em Londres. Louco por quadrinhos, fanático por filmes e inspirado pela arte africana, Kingsley é reconhecido por seus trabalhos comerciais e de exposição.

 **Joelle Avelino** é uma ilustradora e animadora congolesa e angolana. Seu projeto de animação com o Malala Fund foi eleito como um dos projetos favoritos do Dia Internacional da Mulher da *Design Weekly*, em 2020.

 **Camilla Sucre** é uma artista caribenha-americana nascida em Nova York e criada em Baltimore. Estudou ilustração e cinema no MICA e é apaixonada por artes e por contar histórias.

 **Dunni Mustapha** cresceu no Reino Unido e sempre foi fascinada por livros ilustrados e revistas. Gosta de usar imagens para contar histórias e capturar as características únicas das pessoas.

 **Derick Brooks** mora em Richmond, Virgínia, e adora criar histórias de aventura sobre o povo negro. Ele mora com sua esposa e animais de estimação e é apaixonado por batatas.

 **Nicole Miles** é ilustradora, cartunista, artista de *lettering* e designer das Bahamas. Atualmente mora em West Yorkshire, no Reino Unido, com sua cobra de estimação e seu namorado humano.

 **Jobe Anderson** mora em Birmingham, no Reino Unido. Adora criar cenários malucos e escrever contos. Quando não estiver desenhando, é possível encontrá-lo lendo histórias em quadrinhos e assistindo filmes.

 **Charlot Kristensen** trabalhou com clientes como Google, New York Times e Huffpost. Sua primeira história em quadrinhos, *What We Don't Talk About* [Aquilo que não falamos sobre], foi publicada em 2020.

 **Selom Sunu** mora em Londres. Seu trabalho de ilustração infantil inclui *The Puffin Book of Big Dreams* [O livro dos grandes sonhos]; e *Ghost* [Fantasma], o best-seller do *New York Times*, escrito por Jason Reynolds.

NÓS SOMOS A EXTENSÃO DE UM NOBRE LEGADO!

1 Steve McQueen é cineasta e vencedor do Turner Prize. Ele foi o primeiro cineasta negro a receber o Oscar de Melhor Filme por seu longa *Doze anos de escravidão*.

2 Muhammad Ali foi boxeador, filantropo e ativista. Ele foi o primeiro a vencer o Campeonato Mundial de Pesos Pesados três vezes, ganhando o apelido de The Greatest [O Maior de Todos].

3 Michelle Obama é advogada, autora e ex-primeira-dama dos Estados Unidos. Ela é uma defensora ativa da alfabetização infantil e dos direitos das mulheres.

4 Barack Obama foi o 44º presidente dos Estados Unidos da América. Ele criou a Fundação Obama, que oferece oportunidades de orientação e treinamento para jovens negros.

5 Maya Angelou foi poeta, escritora e ativista dos direitos civis. Seu livro *Eu sei por que o pássaro canta na gaiola* foi o primeiro best-seller de não ficção escrito por uma mulher afro-americana.

6 Fela Kuti foi músico e ativista político. Ele usou sua música para aumentar a conscientização sobre questões que afetaram seu país, a Nigéria, e o continente africano.

7 Olive Morris foi uma ativista comunitária que dedicou sua vida a fazer campanha pelo feminismo e igualdade racial. Ela fundou o grupo de mulheres negras de Brixton em 1973 — uma das primeiras redes britânicas para ajudar as mulheres negras a se envolverem na política.

8 Usain Bolt é atleta e fez história em 2016 ao conquistar o "triplo-triplo" — três medalhas de ouro em três Jogos Olímpicos consecutivos.

9 Janelle Monáe é cantora e foi indicada ao Grammy. Também é atriz, modelo e ativista de longa data do movimento Vidas Negras Importam.

10 Malorie Blackman é britânica e escritora premiada, mais conhecida pela aclamada série *Noughts & Crosses*. Ela recebeu o Children's Laureate de 2013 a 2015.

11 Stevie Wonder é um dos cantores e compositores mais famosos do mundo. Ele ficou cego logo após seu nascimento.

12 Beyoncé Knowles-Carter é cantora e compositora, premiada diversas vezes com o Grammy, além de diretora e ativista humanitária. Sua incrível carreira se estende por mais de três décadas.

13 Diane Abbott é política e ativista dos direitos humanos. Ela foi a primeira mulher negra eleita como membro do Parlamento e é a parlamentar negra com mais tempo no cargo.

1 Zumbi dos Palmares nasceu em 1655 no estado de Alagoas. Ícone da resistência dos negros à escravidão, foi o último líder do Quilombo dos Palmares, o maior quilombo de todas as Américas. O dia de sua morte, 20 de novembro, é o Dia da Consciência Negra no Brasil.

2 Elza Soares é uma das maiores cantoras e compositoras do Brasil. Nasceu em 1930, no Rio de Janeiro, e começou a vida artística em 1953. Em 1999, foi eleita pela Rádio BBC de Londres como a cantora brasileira do milênio.

3 Milton Santos é considerado um dos maiores geógrafos brasileiros. De origem baiana, é reconhecido mundialmente por suas ideias e análises sobre as relações internacionais, o espaço urbano, a globalização etc. Em 1994, foi o primeiro latino-americano a ser condecorado com o prêmio Vautrin Lud, considerado o Nobel de Geografia.

4 Lélia Gonzalez é uma das intelectuais brasileiras mais importantes do século XX e grande ativista da luta antirracista no país. Entre suas obras, vale destacar *Lugar de negro* (com Carlos Hasenbalg) e a compilação de textos póstuma *Por um feminismo afro-latino-americano*.

5 Gilberto Gil é um dos grandes nomes da música brasileira. Um dos pioneiros do movimento da tropicália, Gil marcou a história artística, cultural e política do país, e suas composições ganharam inúmeros reconhecimentos mundo afora.

6 Marielle Franco nasceu em 1979, no Rio de Janeiro. Grande defensora de pautas sociais e antirracistas, Marielle foi eleita vereadora de sua cidade em 2017. No ano seguinte, ela e seu motorista, Anderson Pedro Gomes, foram mortos a tiros. O caso permanece não resolvido, e a luta continua para manter vivo o legado de Marielle.

7 Benedita da Silva é uma importante política brasileira, tendo sido governadora do Rio de Janeiro e deputada federal, além de ativista do movimento negro e defensora de pautas sociais e feministas.

8 Sueli Carneiro é doutora em Educação pela Universidade de São Paulo (USP), filósofa, escritora e ativista da luta antirracista no Brasil. Em 1988, fundou o Geledés — Instituto da Mulher Negra. Agraciada com diversos prêmios e homenagens, Sueli é um dos principais nomes da luta antirracista no Brasil.

9 Dandara foi uma das principais líderes femininas negras que lutou contra o regime escravocrata no Brasil Colonial. Esposa de Zumbi, também liderou o Quilombo dos Palmares.

10 Machado de Assis é considerado o maior nome da literatura brasileira e nasceu no Rio de Janeiro, em 1839. Autor de romances fundamentais para a literatura em língua portuguesa, como *Memórias póstumas de Brás Cubas* (1881) e *Dom Casmurro* (1899), Machado também foi um grande crítico e pensador de seu tempo.

11 Conceição Evaristo é escritora e pesquisadora, um dos principais nomes da literatura brasileira contemporânea. Entre suas obras mais importantes estão *Ponciá Vicêncio* (2003) e *Olhos d'água* (2014). Em 2019, foi homenageada pelo prêmio Jabuti, o mais importante prêmio literário do Brasil.

12 Lima Barreto foi jornalista e escritor, um dos autores mais importantes do seu período, a chamada Primeira República do Brasil. Nascido em 1881, no Rio de Janeiro, publicou obras de grande importância, como *Triste fim de Policarpo Quaresma* (1911) e *Clara dos Anjos* (1922).

Taís Araujo é atriz e apresentadora. Desde o seu primeiro trabalho na televisão, em 1995, acumula papéis de sucesso e de destaque na teledramaturgia e no cinema, tendo sido uma das primeiras atrizes negras a representar protagonistas em telenovelas. Em 2021, ela e Lázaro Ramos, seu marido e também ator, foram incluídos em uma lista feita pela revista novaiorquina *IndieWire* de atores afro-latino-americanos que merecem espaço em Hollywood.

A marca FSC® é a garantia de que a madei-
ra utilizada na fabricação do papel deste livro
provém de florestas que foram gerenciadas de
maneira ambientalmente correta, socialmente
justa e economicamente viável, além de outras
fontes de origem controlada.

Esta obra foi composta em Kreon e Prince Frog e impressa
pela Geográfica em ofsete sobre papel Alta Alvura da Suzano S.A.
para Editora Schwarcz em fevereiro de 2024